달아나는 과녁

시작시인선 0478 달아나는 과녁

1판 1쇄 펴낸날 2023년 7월 7일
지은이 임서윤
펴낸이 이재무
기획위원 김춘식, 유성호, 이형권, 임지연, 홍용희
책임편집 박예솔
편집디자인 민성돈, 김지웅, 정영아
펴낸곳 (주)천년의시작
등록번호 제301-2012-033호
등록일자 2006년 1월 10일
주소 (03132) 서울시 종로구 삼일대로32길 36 운현신화타워 502호
전화 02-723-8668
팩스 02-723-8630
블로그 blog.naver.com/poemsijak
이메일 poemsijak@hanmail.net

ISBN 978-89-6021-722-5 04810
978-89-6021-069-1 04810(세트)

값 11,000원

달아나는 과녁

임서윤

천년의 시작

시인의 말

함부로 설레면 안 된다는 걸 알면서도
그대를 향해 걸었습니다

닿을 것도 같은

흔들리면서도 계절을 맨발로 건넜습니다
찢긴 발톱으로 담 벽에 새겨 둔 글들

달이 읊고 꽃이 젖기를

2023년 풀 냄새 짙은 날
임서윤

차 례

제2부 모순 속으로

제3부 마주치는 기억들

제4부 상강을 배웅하다

해 설

제1부 고래가 온다

부석사에서

미소로 들어 올린
저 이마의 주름들

새벽을 털고 달려오는 아침 해가 그랬고
비 그치자 피어오른 물안개가 그랬고
붉은 사과를 주렁주렁 매단 늙은 사과나무가 그랬고

산 너머 산이 그랬고
마음속 마음이 그랬고
나를 사랑한다고 말하던 먼 그대가 그랬고

주름이 진다는 것은
꽃 같은 미소가 지나갔다는 것

먼지의 악보

그날 저녁, 이렇게 된 것입니다

연미복을 입고 무대에 오른 남자는
숙였던 고개를 정중하게 들어
뚜껑 열린 건반을 바라봅니다

혼란스런 뇌파를 정리하는가 봅니다

되새김질 되는 피의 꿀렁거림
안달하는 침묵에 귓바퀴를 세웁니다

불규칙하던 숨소리가 피아노 뚜껑을 닫습니다
한 줄기 빛 속에서 기둥을 세우는 먼지
마지막까지 우리는 호흡을 맞춥니다

4분 33초를 견디고 닫히는 동공
들숨은 깊게 날숨은 짧게, 침묵을 연주하는 거였군요

소리를 추모하는 방법 중 하나는
소리를 내지 않는 것이었네요

>

그러니까, 알았어야 했습니다
스포트라이트를 벗어나기 전에 우린 모두
기립 박수를 준비해야겠습니다

분홍 잠자리

팔에 링거바늘 꽂은 채 창가로 간다. 감각을 잃었던 육신이 고분고분 따라온다. 나를, 쓰러지게 했던 줄이 나를 일으켜 세우는 게 얼마 만인가. 창밖을 바라보니 자귀나무는 줄부채 활짝 펼쳤다. 그 아래 노부부 나란히 걷고 있다

눈 부릅뜬 자동차들이 줄지어 어디론가 흘러 세상은 물오른 가지처럼 싱싱하다. 정지된 화폭에 든 나는 도려낸 가슴에 옹이를 들어앉히는 중이다

꼬리에 긴 실 묶어 날리면 한 이틀 내 근처 맴돌던 당신은 잠자리, 묶인 실 길이만큼은 가뿐하던 날갯짓이 링거 대에 걸려 병실 바닥으로 추락한다. 실크 스카프 보드라운 비명에 오후로 건너온 재즈가 미끄러진다

하늘이 무지개를 내건다 해도 나는 추락하는 모든 것들을 이젠 위로하지 않겠다. 넘어가는 해는 내일로 가는 밤을 데리고 오려는 것. 묶었던 실 풀어 주어도 잠자리는 항적의 흔적 찾을 수 있을까

창에 비친 기억을 느릿느릿 밀치던 노을은 이제 되었다 싶은 순간 급히 달아나고 있다

해빙

나비가 날아왔다

새로 넘긴 달력 속 그림에서

부르지 않은 나를 찾아왔다

미끄러운 알람 소리 타고

간지러운 생채기 되어

잔설 할퀸 흙바람에 앉았다

두근두근 스카프를 두르고

보내지 않은 너를 따라

먼 산의 꼭뒤로 날아갔다

얼어 있던 긴 머리 폭포가 그러하듯

활짝 날개를 편 채

동박의 집

불로동 언저리 빈집을 탱자나무가 에워쌌다
지킬 꽃도 없는데 무성히 솟구친 가시들

간판만 남은 더덕 맛집, 헛기침 쿨럭이며 들어서는데
두 눈 감고 모진 밤들을 건너오느라
이마에 하얀 별꽃을 단 남자가
손가락 찔릴 수도 있으니 조심하라 이른다

한때는 문전성시 번성했던 맛집이
어쩌다 짝 잃은 동박새의 쉼터가 된 걸까

부르지도 않은 강아지풀 새침한 안개를 먹고 자라나
얼기설기 꾸민 보금자리의 흔적 역력한데
마당은 주름치마 아랫단 물결이다

쪼아 대던 찬바람의 부리를 기억한 채
찔리고 흔들려도 내딛는 자리마다
한 남자 탱자나무 가지에 뱉어 놓은 달들

떠났어도 떠나지 못하고 머무는 주인은

절룩이는 외발 몸 안에 당겨 넣고
가시와 가시를 층계인 듯 건너뛰고 있다

멋의 멋

멋!
글자 모양새부터 예사롭지 않다
양다리를 적당히 벌리고 섰다
헝클어진 머리카락 격조 있게 날린다

멋!
입 안에서 가만히 굴려 보면
혓바닥이 금세 닫아 버리는 꼿꼿한 한 음절

물러설 수도 나아갈 수도 없는 자세다

범물동 산자락에 유기견 보호소를 만들고
퇴근 후 강아지를 돌보는 아가씨
낡은 모자도 알고 보면 멋이다

그녀의 따끈한 봉급을 믿고
눈먼 강아지를 또 데리고 왔다는
칠순 노모의 절뚝이는 발걸음도 어쩌면 멋!

아가씨가 데려온 개만큼은

심각한 진료비도 주는 만큼 받는다는
동물 병원 원장님 텁텁한 턱수염도
사랑 좀 아는 멋!

근데 멋쯤 있으나 없으나, 사는 데 지장 없다는 건가
왜 이리 뉴스가 건들거리지?

새벽 기도로 다그친 나의 하루도
호주머니에 두 손을 찔러 넣었다

숨비소리

독수리는 낚아채던 병아리를 두고 날개 펼치고
서툰 물질하는 산번지 사람들도
문패에 아가미를 다는 사람들도
숨 참기엔 버거운 물속이죠

삼백 살 회화나무도, 고층 아파트 제우스도 물속에 잠겼어요

눈 감고 더듬는 물속에는
방금 벙근 모란 꽃술 그대로
꽃술로 파고들기 바쁜 뒤영벌도 보여요

가슴 꾹꾹 눌러 짜내던 눈물 자국도 순식간에 지워지고
안쓰러운 표정 잔고기들은 숨어 다니기에 바빠요

하루 종일 쓰고 다닌 마스크를 벗을 때마다
물 밖으로 솟구치는 숨소리 호오이 호잇

물 밖에 계신 하느님은
찰락이는 파도의 깃발에 흡족하게 웃어요

>

지느러미 없는 사람들은 제자리만 빙빙 돌아요

움켜쥔 물방울 힘껏 당겨요

목구멍까지 참았던 숨이 꽃으로 피어나도록

석류꽃 질 때

홍일점 찍힌 입술 새콤하도록 몇 날 며칠
서성이던 담 너머 눈빛이 투둑투둑
숭어리째 떨어지는구나

들뜬 내 마음 한 번 더 흔드는구나

붉은 절망 내려앉는 유월의 뜰
저마다 홀로, 오로지 홀로 가는 꽃 그림자여
석류나무 그림자 속으로 들어갔구나

새침데기 티티새야, 너도 따라갈래?

햇살 냄새 풍기는 창가에 걸터앉아
낡은 노래 서럽게 불러서 뭐 해
이별을 꿈꾸기는 너나 나나 마찬가지

뭉클한 사랑에 취해 보려 해도
어찌하면 좋으냐
사방은 온통 캄캄한 절벽

하늘 거울

하늘의 낯빛이 사나울 땐 두꺼운 화장이 제격이다 처진 속눈썹도 치켜 올린다 자존심이라도 세워야 비로소 나를 벗어날 수 있다

누구의 상처에도 관심 없지만, 누구의 상처도 곁눈질로 더듬으려면 늘어진 꽃술 한껏 들어 올려야 한다

예측하기 싫은 악몽도 단 한 번의 깜박임으로 바스러뜨릴 수 있다 개봉하지 않은 이별의 전언을 알려 주는 고양이, 너털웃음에 익숙해진 추악한 군주는 서열에서 밀려난 외톨이 동료의 덫에 걸려 머지않아 다리를 잃겠다

집단의 힘을 배경에 둔 그들의 허풍도 그녀들의 내숭도 내리깐 눈길 아래 적나라하다

짧은 햇살 받쳐 든 눈썹, 내 기분은 내가 정한다 그래서 나는 오늘 행복하려 한다 길게 뻗은 꽃무릇 꽃술에 손 뻗어 거울 꺼내들고 남은 올해의 달력 숫자를 센다

로빈 후드 신드롬

팽팽하게 당겨 잡은 심장은
강한 바람에도 흔들리지 않는다

과녁을 지배하려 모아진 눈동자의 날카로움이
시공을 하나로 꿴다

조바심으로 지켜보는 뭇사람들에게
미리 보기로 다진 담력도 일렁거리는 동심원이 된다

혼의 몸피까지 줄여야 과감하게 돌진할 수 있는
화살 안의 화살은
엄지와 검지의 악력과 타협하지 말고
연습은 실전! 감으로 당긴다

질주 본능을 깨우라 한다

멋대로 날개 펼쳐 들고 너를 향해 달려가지만
달아나는 과녁은 싸늘한 거부의 자태
치열하게 부러져도 좋다는 표정이다

>

복습할 수 없는 누적 점수 앞에서
판정에 시비 걸지 말라고
몸 안에 흔적 고스란히 품은 과녁

로빈 후드 돌아올 그 자리 멈춰 서 있다

언택트 인형

꽃댕강의 반란에도
어린 그 여자는 흐드러지지 않는다
눈에 티끌이 박혀도 눈물을 보일까, 참았던 것처럼

좁고 깊고 먼 그녀의 동공은
다가오는 발소리에 민감하지만
진열장 밖으로 나서길 꺼리다가
어둠에 길들여졌다

마주치는 날씨에 따라 바뀌는 미로 놀이판
Yes/No로 대별되는 그녀의 대답은 건조한 걸로 보아
아직도 사막에 있다

완강하게 고개를 흔들며
입력된 수치 안을 맴도는 고장 없는 작동
관심은 No 간섭은 No No……

리넨 원피스 이웃고 생기를 얻지만
스크린 속을 헤엄치는 꼬리 없는 말들
하루 종일 나풀거린다

>

클릭! 클릭! 좋아요, 훈훈해요, 슬퍼요

색색의 프릴을 매단 그녀의 사생활은
간결하고 개운한 뒷맛

어떤 느끼한 이모티콘이라도
잘도 가지고 논다

건망증을 먹어 버리다

1.

귀농한 친구가 종이 가방 가득 달걀을 싸 들고 왔다

낮의 구간을 지나
어둠으로 진입하는 열차 여행에서
삶은 달걀 껍질을 벗기자 한다

콜레스테롤 수치쯤은 얇은 피막 뒤로 숨기고
수다로 버석거리는 소금에 노른자를 찍는다

우린 목 막힌 줄 몰랐다

남은 달걀 또박또박 세던
일곱 살 열 개의 손가락이 꾸러미를 푼다

뺄셈으로 걸린 달걀들

2.

그 날, 앞앞이 개수 헤아려 삶아 온 달걀

누가 몇 개 까먹었는지 모른다

여전히 종이 가방의 배는 불룩하다

가늠하지 못해 남아돌던 달걀은
알 낳은 닭들이 죄다 쪼아 먹었다는
여상스러운 친구의 말에
나 지금 한바탕 쓴웃음을 거두어들인다

냉장고 문을 열고 서 있는 이유를
일곱 살 적 손가락으로 더듬고 있다

자신이 낳은 알을 자신이 쪼아 먹었다니
울타리 안에 너무 오래 가두어 건망증인 닭들

3.
열차의 손잡이와
유정란 칸칸이 박아 놓은 냉장고 문짝 손잡이를
슬슬 혼동하기 시작하는 나

>

도토리를 숨겨 놓은 사실조차 잊어버린
겨울 다람쥐처럼
먹어 버린 달걀 숫자를 찾아
허방지방 손가락을 꼽아 본다

손가락은 여전히 열 개
푸르름을 자랑하던 기억회로에
자욱하게 먼지가 인다

끄덕끄덕

켜켜이 밀려간 반세기가 찔끔찔끔 눈물로 돌아와서일까

양파를 벗긴다는 게
표정 없던 엄마를 벗기고 말았다

걸어 잠그고, 또 잠그다가 안으로 알싸해진 저 알몸
얇은 갈색 커튼 하나로 지열 같은 부아를 견디었으니

누구를 당기고, 누구를 밀친들
한 방울 눈물은 침묵이다

손금 하나 박차고 나가고 싶어
말 다 할 수 없어 움켜쥔 칼끝이
끄덕끄덕 미로인 부엌문 밖으로 내던져지고

잠금장치 없는 삶이었다 해도
점잖은 순응에 내일은 닿고 말 걸 알아
내 고갯짓도 덩달아 둥그스름해진다

이순의 숲

오후가 참 퍽퍽합니다
웃을 수도 울 수도 없어서 그렇습니다

모난 가슴 풀어헤친 편백나무
툭툭 건드려 보는 발끝에서
초록 별의 얼굴이 방긋거립니다

한때는 수백 번이었을 맹세가
불현듯 가벼워질 때가 된 것일까요?
담백한 그대가 그립기 시작합니다

지나간 길 하늘 활짝 열어젖히려고
마디 선명한 잔가지를 두드려 주는
바람의 순한 연주를 듣습니다

얻은 게 많아서 버릴 것 또한 많은
이순, 이순,
내가 나를 부르다가
덩달아 목젖까지 순해지고 나서야
침엽임을 들켜 버렸습니다

>

긴 밤을 견딘 이슬의 언 손도
이젠 맞잡아 주겠습니다

고래가 온다

산등성이가 미끄럼인 듯 어둠 내려와
공사장은 마무리로 바쁘다

기다림에 허우적거리지 않아도 고래는 온다

갈수록 날카로워지는 손톱
서로에게 상처를 남기고 나서야
반짝이는 마음을 아는 듯
어둠 속을 가르는 미끈한 몸매

주저앉은 사람을 위해 고래가 온다

어린 물고기들 물을 떠난 적 없지만
젖 물리는 무리의 유일한 모성애
가볍게 내뿜는 싱그러운 날숨에
나뭇잎 한 장 구름 밖으로 튀어 오를 때

날개가 없어도 그렇게 푸른 고래는 온다

귀를 세워도 알아들을 수 없는 말

독설로 들어찬 좁은 스피커는
주파수가 다르다는 걸 예전부터 알고 있었지

저녁을 잃어버려서 시간도 멈춘 도시
하늘을 물들이는 검푸른 구름 비집고
좌절의 열차 위로 온다, 고래는

은빛 파도 소살소살 헤치며

초록요양원

요양원 문패가 풍경처럼 우우 노래를 불렀다
함석지붕은 순한 달빛처럼 사방은 초록이라고 중얼거린다
낮은 처마 아래 오종종 나와 앉은
채송화 같은 할머니들
가지런한 삶의 무게를 가을볕에 내 말리고 있다
한때 런웨이 누볐을 물오른 포즈도
사뿐, 휠체어 몸통에 접혀 있다
길 안으로 파고든 질긴 풀들을 자르겠다고
사지 멀쩡한 한 사내 예초기를 흔들고 지나갔다
풀꽃이 지르는 비명을 산들바람이 실어 와도
스스로 육신을 벗어날 수 없는 영혼들은
순응의 수레바퀴 틈에서 레테의 강을 본다
야무지게 박혀 있던 어금니가
스르르 이지러지는 데는 오랜 시간이 걸리지 않았다
뽀얀 박꽃이 녹슨 지붕을 덮던 날
샛길 따라 집으로 가는 길이 지워진다 해도
아무도 두려워하지 않았다
저벅거리는 가을 발자국 소리에 노인을 품은 집은
오래된 하품을 무서리로 쏟아 낸다

제2부 모순 속으로

눈물 사용법

냉장고 깊숙이 넣어 둔 냉이가
연둣빛 싹을 안겨 주었다

손끝이 물컹했다

그대 돌아온 봄날인 듯
핑그르 눈물이 돌았다

방치의 시간
말라 가는 허공을 잡고
비닐봉지 속을 견딘 그대가
기꺼이 전해 주는 향기

가진 눈물
남김없이 쓰고 가려 한다는
그대의 몸부림이
눈썹의 틈새를 비집고 있다

마상청앵馬上聽鶯*

봄볕 대열에 예고 없이 끼어든
버들가지로 더 정체되는 강변대로
김홍도 서화 한 폭 따라 그린다

고삐 잡은 마동이 끌어당긴 풍경은 나붓나붓
내려앉는 청아한 연두가
소음에 막힌 나비의 귀를 간질인다

꿈속에서 길어진 말의 두 귀는
창호 같은 하늘에 아껴 둔 호롱 심지로
짝 잃은 꾀꼬리마저도
부스럭거리며 아침을 열게 한다

허리 가는 버들가지는 해를 따라 휘청휘청

순한 귀 열고 라디오 볼륨 높인 나는
늙은 말의 이정표가 되는 길 위에서
가속과 멈춤 페달을 번갈아 밟는다

꾀꼬리 소리 앞뒤로 꽉 막힌 도시를

닳은 말발굽이 가로지른다

* 마상청앵馬上聽鶯: 말 위에서 꾀꼬리 소리를 듣다.

한치

떼 지어 횟집 수족관을 유영하는 오징어 틈에서
유난히 짧은 다리에 기다란 귀

넌 왜 이렇게 다리가 짧은 거니? 했더니
주인이 한치라고 했다

오징어가 한치가 되기까지는 그리 어렵지 않았다

살갗 속 내장까지 훤히 보여 주길래
민망한 놈이라 나무라자
스트레스를 받았는지 지레 벌겋게 달아오르는 게 아닌가

어떤 위로의 목소리도 닿지 않는 막막함이여
너도 처음부터 슬픔은 아니었겠지

대대로 이어 온 감탄과 비명을
한 치 혀끝이 감당하지 못할 때
난민 소년의 눈에는 뒤죽박죽 슬픔이 솟아났겠다

누나를 부르다 마주친 너는

거기서 그렇게 헤엄치고 있었구나

한 치 앞도 모르는 생을 만나
어쩔 수 없는 유리 벽에 갇혀
펄럭이는 천막 아래 머물고 있구나

저녁의 요가

몸의 중심에 배꼽을 두고 뒤로 휜
반달 동작을 따라 한다

서서히 무게 버리는 가벼운 워밍업
오래 지녔던 굳은 선들이 구부러진다

이 별과 저 별에 발 하나씩 걸치고
접었다 폈다 당긴 활 모양 갖추었다 싶으면
신생의 별자리인지 부드럽게 빛나는 저 몸짓

아무것도 보이지 않는 발밑에서
겨울밤 보낸 가쁜 호흡이 살아나
군중들 아우성이 달빛으로 쏟아진다

힘껏 가슴 내밀어도
눈살 찌푸리지 않는 허공은
광장의 넋두리도 얌전히 받아 낸다

땀 젖은 석양의 옷가지들
홀로 우뚝 선 푸조나무에 순서 없이 걸어 둔다

소금 사막

아버지가 다른 칠 남매 중 다섯째라고
볼리비아 소녀는 다섯 손가락 활짝 펼쳐 든다

만세선인장처럼 놀란 표정 지으면
그 소녀 어색해할까 봐
반질거리는 내 미간에 미소를 걸어 둔다

해 뜨고 해 지는 일이 유일한 율법인 줄 알기에
점점 홀쭉해지는 무언의 눈망울

부르지 않아도 달려오는 그리움처럼
아버지에게도 그런 그리움이 있었기에
일곱 번째 그 이후에도 사막은 목이 마르다

비는 하늘이 내린 혼례 의식
움켜쥔 갈증이 땅과 몸을 섞어
낙타는 다시 낙타로 태어난다

눈망울 깊은 소녀에게
질긴 신발 한 켤레 던져 주는 것은
모래바람 속에 임하실 하느님의 몫

넝쿨손

운동화 끈 동여매고 거침없이 달리는 호박에겐
담장 위든, 텃밭 둘레든
손끝 닿는 곳이 다 길이다

하늘 간질이며 내려오는 여우비에도
개 짖는 소리 요란해도 마음 한 자락 걸쳐 둔다

휴일마저 반납하고 햇살이 주는 말 채곡채곡
다 받아 적어 가다 보면
펑퍼짐한 가슴에도 빼곡하게
여름 별 들어차지 않을까

고개를 들 수 없어 설설 길 때에는
새끼손톱만 한 청개구리가
배꼽 자리 건너뛰는 것도 신기한 듯 바라보자

길 없다 투덜거리며 창백해진 옥수수수염에게
두리번두리번 다가가는 것은
누를 끼치는 일이니
비겁한 겁쟁이는 되지 말자

턱이 턱을 넘다

나른하게 덜컹거리는 봄 길 위로
이팝꽃 기어간다

제 몸 덮고 만 날벌레 입에 물고 가는 개미
똑바로 바라볼 수 없는 하늘이라서
아직 턱 근육 쉽게 풀 수 없다

갈라져 풀 한 포기 없는 맨땅 위를
옆도 뒤도 보지 않고 그냥 간다

가로막는 돌멩이가 있으면 돌아가면 되고
가로막는 나뭇가지 타고 넘어서
그러나 홀로 가야 할 길

향기마저도 구불구불 메마른 길을
느리게 기어가는 지구도
우주 공간의 먼지일 때

낡은 수레처럼 기어가는
길 위의 이팝나무 덩달아 덜컹대고

모순 속으로

저녁 종 울리는 성 베네딕도 수도원
그해 여름 왜관은 두근거렸지요

젊은 혀가 성무일도를 암송하자
머리를 주억거리는 구름 속의 새들

초록 꼬리를 무는 초록 뒤에 숨은 나는
이 세상이 전부 당신으로 물든 줄 알았습니다

그러나 어디에도 보이지 않는 당신은
티 나지 않게 운명을 떠넘기려면
손톱이라도 잘라 쥐에게 줘 버리라 하죠

수도원을 뛰쳐나가는 그레고리오성가
누군가를 잃는다는 건
또 다른 누군가를 품는다는 걸까요

상투스, 하얀 밤이 신과 담판 벌이느라 너덜거립니다

견고한 침묵도 뚫는 입담

스테인드글라스에 갇힌 예리한 침묵에서
고딕의 종소리 깊어 갑니다

수정 구슬 없이도 선명해지는 운명
나, 탄원의 노래에 들어 잠을 부릅니다

수국을 부축하다

봄 앓이를 털고 바람이 달려오니
손장난을 건네던 여름입니다

머물던 꽃이 어디로 가나 궁금한 나는
꽃 떠난 자리에 남겨진 꽃대에게
어디로 가면 별들을 불러 모을지 묻습니다

수직의 웃음과 수평의 울음이 만나던 자리
파스텔 톤으로 물들던 꽃잎은
옆구리 더듬던 바람을 그냥 두어
이번에는 정수리에 손길 닿습니다

가뿐한 직립, 꽃잎 속을 배회하는 숙모는
고개 들고 보니 지나온 것은 모두 익숙한 시간
알츠하이머를 지워 버린 무딘 와상의 시절도 자랑합니다

사방을 둘러보아도 비 그친 초저녁이 낯설어
꽃대 위의 별들은 무더기로 흔들립니다

망각처럼, 죽음처럼 찬 이슬이 덮여 와도

떨어질 바닥의 깊이가 가늠되지 않아서
얼굴빛은 그대로인 당신, 나 일으켜 세우려 합니다

꽃은 지고 없어도 아름답지만
품 안은 느닷없이 차갑습니다

어둑한 안부
—동주에게

낡은 시집을 접고 사방을 돌아봅니다

대성학교 담 모퉁이를 돌아 나오니 순이랭면 천지다방 춘자복장 익수양생회관 폐허가 된 웃음소리들이 희미한 알전구를 밝힙니다

용문교 꼬리 위로 토막 난 여름이 지나갑니다

부지런한 적막의 빗물이 옆구리를 칩니다

아직도 우물 속 사내를 들여다보고 있습니까 안개에 젖은 뽀얀 깃을 매만지고 있습니까 대책 없이 흐르는 앞머리를 쓸어 올리고 있습니까 호주머니에 주먹 두 개 찔러 넣고 바람의 야윈 등 기대고 섰나요 금방 닫힐 검은 눈동자 하늘로 스며들고 있나요 파란 문장의 맨볼을 부풀리고 있나요

어차피 누군가의 가슴에 박힐 별이라면
빛을 지우고 소리 없이 다가가요
마음 가는 방향 따라 한 걸음 한 걸음

>

이 밤 별 모양 머리핀의 이국 소녀가 되어

용정의 바람 속을 달려갑니다

얼큰한 바다

끓어오르는 해물탕에 꾸역꾸역 허기가 방점을 찍는다

점심시간이 끝나면 널브러진 신발들은 제 짝을 찾아간다

정장 차림 중년 손님의 늦은 걸음이 식당 문을 열고 들어선다

빈 그릇 탑 도우미 아주머니가 놓친다

가장 넓은 품에 스며드는 가장 조붓한 어깨
불에 닿은 꽃게가 되어 버린 앞치마 속 두 손이 떨린다

정지선에 걸린 수다의 수저들에게 견딜 수 없는 정적을 뿌린다

조용히 슈트를 벗어 접어 두고
좌중을 진행형으로 돌려놓고 무릎 굽히는 고요한 바다

파도는 하얀 셔츠에 갯내 밸 때까지
철썩이는 이유를 들려준다

>

동해에서 서해에서 남해에서 잡혀 온 해물들
나 하나쯤이야, 너 하나쯤이야

바글바글 끓는 바다에서 익어 가는 살점으로 외친다
당신은 모르시나이다, 주여!

무동

남태평양 해변에서 서핑을 즐기던 사람들은
어린 고래에게 물음표를 던졌다
아비는 어디 가고 너 혼자냐고

남방긴수염 새끼고래
신기한 듯 등지느러미에 손을 대는 순간
어디선가 득달같이 나타난 아비 고래

미끈한 꼬리가 일으킨 물보라는 거대했다

서퍼들을 일제히 파도 속으로 밀어 넣었다

근접할 수 없는 부성애로 물보라 솟구치던 바다는
어린 새끼 어깨 위에 태워
얼마 뒤에야 유유해졌다

흔들리는 어금니의 고통을 꽉 깨물며 참으신 아버지
아프다는 말 생의 마지막까지 꺼내 놓지 않은
당신 또한 남방긴수염고래

나. 오래도록 그리워 할 것 같다

왼발 오른발

길이 좁아지는 지점에 이르면
바람의 속도는 빨라진다

우리의 엇갈림은 어긋난 시간 여행의 끝이 아니라
흥얼거리는 호모사피엔스의 기다림이다

둑길에서 짓밟힌 클로버에 무릎이 스쳐
굳은살 박인 골목을 흘러 흘러
바람은 강으로 간다고 했다

유리조각 헛디딘 발가락 사이에서
고통보다 더 지독하던 무심함이
바람의 출처였던 것

가까움과 멀어짐의 반복으로
겹겹 물결 위에는 얼마나 많은 꽃잎이 흩날렸던가

언제나 방향은 같아도
엇갈림을 견디며 걸어가는 우리
말없이 스친 맨살은 꼬리 긴 봄 길로 이어진다

침묵을 장례하다

꽃 피는 하오를
상행선 기차가 가르며 지나갔다

발랄하게 흔들리던 현관이
멈춘 하얀 꼬리에 덩달아 침묵이다

타는 입술로 끙끙 지르던 소리들
매끄럽지 못한 목울대에 걸린 것처럼
무슨 말이라도 해야 하는데
잎 무거운 나뭇가지들이 울먹거린다

바람의 눈을 피하려다
나무는 말이 원하는 순간을 놓쳐
빠져나올 수 없는 비명을
도톰한 옹이마다 걸어 둔다

어순도 무시하고 던져 준 말, 잘도 받아 물던
수북한 털로 위장하기에 바빴던
그 촐랑거림의 실체는 딱 주먹만 한 강아지
꽃 핀 기적 소리 속으로 멀어져 갔다

>

돌아서도, 돌아 누워도, 고개 숙여도
고개를 젖혀도, 보일 듯, 만져질 듯
흔들리는 꼬리

아그배나무 흰 심장에 마지막 눈물 한 방울 맺혀 있다

마당가 맨발의 열매가 붉다

물소리로 깁다

엄마 목소리 콸콸콸 연신 들이켜다가
얼음 밑 흐르는 도랑물 소리가
손사래 걸어 놓고 재봉틀을 돌린다

소쩍새에게 건네는 귓속말인 줄 알았다

작은할머니 댁에 제사 지내러 가던 그날 밤
등에 업힌 물살은 빈정거리며 흘러가서
병원 밥 반년 만에 엄마는 입을 다물어 버렸다

시시각각 나를 쫓아오는 그날의 물소리에
아직도 엄마 등을 내려오지 못한다

세숫대야 속 달로 뜬 엄마 얼굴 건진다

깨끗한 수건 한 장을 들고서
소쩍새 어두워진 귓구멍을 닦다가
말을 잃어버린 엄마 목소리 떠올린다

엄마의 마른 눈 더 어두워지면 어쩌나

도랑물 한 방울 흘려 넣고

틀니 올려 둔 재봉틀에 발을 얹는다

잊혀진 마임

–프롤로그–

이천십구년십일월이십삼일토요일 AM 05:23 흐트러진 머리카락. 어둠에 드는 여자의 등 뒤, 창마다 불이 켜진다

목줄을 당기는 구름무늬 스카프에
직진이던 발길은 돌려지고
은행나무는 잎을 떨구어 땅의 이마를 박는다

우르르 몰렸다 흩어져 생겨나는 길
발 시린 고양이는, 방금 시동 끈 자동차 밑으로 기어든다

희끄무레한 실루엣에 팔을 뻗고 보니
어제를 껴입은 모과나무다

소리를 찍어 내던 둥근 바퀴
할당된 문패마다 건조한 발소리로 쌓이고
어쩌다 지나가는 자동차에 찢기는 잎들은
입 안에서 까끌거리던 미사 경본이다

희미한 종소리가 알려 주는 혼인성사 삼십 주년

아직 아침이 당도하지 않은 당신의 창
다가갈수록 멀어지는 당신을 공글려 본다

-에필로그-
자유란 방향 바꾼 길 위에 낯선 발 데리고 가는 일. 언제든 심지 올릴 램프에 기름을 부어 두기로 한다

제3부 마주치는 기억들

이브의 후회

농담처럼 너를 보내고
물결 위에 꽃잎 띄우고
짙붉은 입술을 지우고
마지막 열차를 보냈다

라 르 고 라 르 고
벌레에게 갉아 먹힌 두 손으로
더운 커피 잔 받쳐 들고 흥얼거린다

그리운 것들은 그리움 밖에서
흔들리며 돌아오라고

메어 오는 목청으로
너를 부른다

마주치는 기억들

벚나무 아래 하늘하늘 떨어져 쌓인 꽃잎들

추락의 기억 속에는
1번 최초 확진자 △4번 슈퍼 전파자 14*번 무증상 감염자……
병상일지들 낱낱이 기록되어 있다지

영혼의 따귀를 세차게 후려치는 실시간 뉴스
재빠르게 인파를 갈라
수령 깊은 벚나무는 둥둥 섬이 된다지

혼례복 차려입고 창공을 가르던 새 떼들 급강하를 서두르고
별똥별 따라 소원을 주워 담던 늙은 벚나무는
오늘도 연둣빛 외투 여미기에 바쁘다지

코로나 19가 부여해 준 번호 인간
배우지 못한 기침 예절에 내리꽂히던 화살보다
격리실의 고독한 진땀보다
문명의 충돌이 낳은 시큼한 생채기로
차츰 아려 오는 맨땅의 혓바닥

>

눈길을 놓아 버린 뒷골목 소녀의 기억에는
손톱 밑 새까맣게 타들어 가던 흑사병
거적때기 한편에서 화형을 기다리던
조선 노비의 번호표 00번도 들어 있다지

오래된 기억에 닿아 한번 움찔
피하지 못할 기억과 마주친 뿌리는 벚나무 그림자

거뭇한 그 발톱은
사나운 섬의 파도를 닮아 간다지

스미다

저것 좀 봐! 입술 부르튼 아름드리 버즘나무, 새를 쫓던 검지 끝이 얼룩덜룩해졌다. 지난여름 상처 속 차오르는 속살은 회백색, 서쪽 하늘 붉게 물들이고서야 가두었던 마른 숨 훅훅 내뱉는다. 비록 먼 길일지라도 흘러갈 방향으로 납작하게 엎드리는 결빙 앞에서 뻣뻣한 무릎 낮출 대로 낮추었다. 가슴에 찍힌 서늘한 이름 하나 떠올리다 말문이 막히는지 실루엣 속 문장이 방위 따라 체위를 바꾼다. 누군가 마침표 굵게 찍었다. 천 년을 빙빙 돌다가 멈춘 자리 귓바퀴 맞닿은 그 자리, 햇살같이 쏟아지던 너를 흡수할 용기도 희망도 내겐 없다. 식어 버린 암녹색 수피 속으로 이제 내가 스며들 차례다

중독

죽은 잠자리가 앵두나무에 코를 박았다

얼마나 빨리 심장이 멎었으면
맴맴 매일 흔적을 그리던 동그라미
펼친 춤사위 그대로일까

육각형 날개무늬 선명한 박제를
사뿐히 받아 안은 앵두나무는 행복할까

미세하게 움직이던 내 콧노래도
이명의 구름 위에 걸쳐 두겠다던 당신
잠자리와 앵두나무의 관계가 부럽다 한다

날개 받아 안은 가지도 비에 젖어
박제의 흔적 언젠가 까마득히 지워지겠지

희멀거니 뜨고 있던 예민한 겹눈
울음 삼키다가 말라 간 후생의 자리
앵두나무는 잠자리 앉았던 가지부터 꽃을 피우겠지

서로의 가슴에 따문따문 가두어 둔 잔별들 쏟아지듯

우리는 누구인가

외투 벗는 창가에서 따라온 안개를 생각한다

백합 속 청나비와 해바라기 위 잠자리, 개망초 흔드는 벌
몇 번의 밀월, 몇 방울의 눈물이 지나갔는지

마침내 너의 날개는 능청맞고 나의 향기는 앙칼지다

분노마저 내성에 시들거리고
포옹하던 뜨거운 꽃잎은
입김이 간지러워 남은 잔뻐 툭 뱉어 낸다

옷을 걸친 어른들은 일터로 가고 아이들은 학교로 갔다

주말 드라마에서 알몸으로 뛰쳐나온 사람들은
DNA 사슬처럼 일정한 방향으로 돌아간다

여자는 오른쪽으로 남자는 왼쪽으로 뒤틀린다

더러 예측된 결말이 뒤통수를 치기도 해서
개망초 속 잠자리와 백합 위의 벌, 해바라기 흔드는 청나비

모두 다 안개 옷 걸친 채 돌고 돌아간다

돌아온 너는 누구인지 떠나는 나는 누구인지

웃음의 뒤태

태풍 마이삭이 들깨밭 건드리고 지나가서
들깨들 허연 허벅지 드러내고 까르륵댄다

친정 올 때마다 환하던 월녀 고모
떠날 때까지 멎지 않던 웃음소리가
식구들의 표정을 어둡게 했다

푸른가 싶었는데
시나브로 어두워지는 눈가
돌아보니 설익은 들깨처럼
말라 버린 생도 잔망스러운 웃음이다

늦게라도 핀 꽃이니
가을볕에 여물어 보겠다고
어지러운 꿈의 한복판을 헝클어 놓는다

저 망할 놈의 시퍼런 꼬투리들

쉼표처럼

햇살이 거미 등을 올라탄다

날고 싶은 동공에 잠자리를 새겨 넣는다

관자놀이에 소금꽃 환하게 피운 나는
벌떡 일어나 통증 없는 오후를 걸어간다

그게 어쩌면 거미의 운명이니까

오늘이 비누 거품처럼 가벼워서
욕조마다 가득 채워 둔 편안함들

희망원 중증 장애우 집엔
환상통 앓는 철제 침대가
까륵까륵 간지럼으로 피어 오른다

비 갠 하늘 등지고 누워
출렁출렁 원 없이 동요를 부른다

모눈

별똥별 먼저 움켜쥔 건 아마도
방충망 앞 서성대는 날벌레였을 거야

뜨거운 체념으로 나를 기웃거리는 시간

불빛 보이면 달려드는 오랜 습성으로
너의 손끝 닿을 만한 거리에서
날개 활짝 펼쳐든다

촘촘한 사각의 틀
빠져나갈 시야 확보하려, 몸피 줄여 보겠다고
너는 얼마나 바동거렸을까

이쪽에서 보는 거기에, 저쪽에서 보는 여기에
낯선 아침이 무겁던 눈꺼풀을 열면
뒹구는 날개 수북한 정방형 창문

가장 밝게 동이 트는 평원이
담담하게 기지개를 켜는 거기서는

누가 안이고 누가 밖인지, 도무지 알 순 없다

혼돈의 서막은 그렇게 시작되었다

자라는 꽃밭

열두 살 아이들 넷
사촌사라고 사방팔방 떠들어 대다가
뾰족이 내민 입이 각진 화살표를 닮아 갔다

방향도 제각각 내달리던 넝쿨이
허공에서 머뭇거린다

남실바람에 휘휘 저어 보는 어깨 틈
그 많던 하품이 일시에 잦아졌다

하이힐 뒤축을 살피는데
수직의 힘에 눌려 수없이 밀려났을 길
수북이 떨어진 나비의 날개 조각
가지런히 닳아 있다

꽃을 피우기엔 아직 이른 시간
한때는 닳도록 쓰다듬던
너의 둥근 볼이 그립다

저 뜀박질하는 무성의 향기가

뿔뿔이 흩어진 어느 날
일어나는 그리움들로
한 마당 피워 댈 꽃밭

붕어빵에는 붕어가 없다

날아온 곳이 어딘지 몰라도
날아갈 곳이 어디인지 안다면
유쾌한 날 아닌가

방향을 몰라 눅눅한 쪽방에서 기어 나온 남자
그를 불러 준 곳은 2층 리모델링 현장이었지

가족들 지문이 단란하게 찍힌
문짝이 떼어져 나갈 때
거미줄에 걸린 듯 나른한 사지는
아플 겨를조차 없이 분리되기 바빴지

모자 속에 눌러쓴 허기는
구겨 넣어도 채워지지 않는 생각의 창고라고
더는 우길 수 없지

우물거리지 말고 앞으로 나와!
틀 안에 자신을 꽉 채운 날은 허물고
리모델링하는 거야

>

호수에 얼굴 비춰 보다가
제 빛에 놀란 달이 되어
노곤한 사내의 하루는
지금 퇴근을 서두르는 중

폭식을 조문하다

그날이 그날 같은 노래를 마친 새가
저녁에 끌어당긴 어둠
립스틱 지우듯 지우고
조간신문을 이제야 펼쳤어
더 부르고 싶은 노래가 남았는지
양 볼 터지게 구겨 넣는 상추쌈
감기던 눈이 널브러진 꽃잎에 걸려 넘어지네
베링해를 누비던 댕기바다오리
빨간 부리 너무도 선명해서 여타의 새들은 화답을 않네
저런, 바다도 하릴없는 목소리를 접고
꽃잎 위에 검은색 리본을 띄우네
댕기바다오리 두툼한 입술은
한 번에 예순두 마리까지 먹이를 물어 날랐다 하네
접어 두었던 그리움의 맨 끝날처럼
짙은 립스틱 아직 그대로
댕 댕 댕기 댕기 댕기오리야
눈꺼풀 닫힌 뒤에야 멎어 버리는 노래
완벽한 자유의 날개 꿈에서 펄럭거리네

피카소의 노트

가위눌림에서 깨어나 물병을 더듬던
파란 손이, 튜브 속 물감을 짜고 있다

짝이 맞지 않는 구두를 신고
비틀비틀 뒷걸음질 치는 남자는
맹인의 식사*를 마친다

극이 맞지 않는 두 발
차가운 거리를 휘돌아 와서야
바람이 빠져나간 이마는 뜨겁다

당기면 밀려나고 밀면 다가가는 행운에
제대로 설레 본 적 언제였는지
그 남자는 온몸이 뜨거워졌다

말발굽처럼 걷고 있는 길 위엔
수북이 쌓이고 있는 청색 꽃잎들

* 〈맹인의 식사〉: 파블로 피카소의 그림.

문경새재

저 발목 단단한 새들을 보아요

나뭇잎에 올라탄 가을 햇살이
한바탕 농무農舞를 추다 가는 오후
한양으로 뻗은 마지막 고갯마루에 올라
푸른 하소연을 목 놓아 풀어헤쳐 보는 건 어때요

제 빛을 안고 감겨드는 봉우리마다
하얗게 부서지는 물줄기는 상모 자락
발목까지 바짝 마른 날들 미련 없이 뛰어들다가
소세양이 읊은 구름 위 삼십 리로
첩첩 깊어 가는 쇠방울 소리를 들어요

홀쭉한 그림자 길게 기울어지면
황톳길 달려 닿고 싶은 박달나무 가지 끝에서
하룻밤 쉬어 가라고
괴나리봇짐 둘러 맨 그대 붙잡아 볼래요

천 개의 시간

착한 눈을 가지고 태어나는 생명들이
살아서의 시간을 건너
죽어서의 시간까지 흔들고 있다

거기 그대로 혼 있는 듯, 혼 없는 듯
두 눈 감고 서 있는 고사목

홀로 서럽다 서럽다가 바스러질 때도
흐느끼던 밤이 가슴을 쿵쿵 밟고 갈 때도
가도 가도 닿지 않는 길 비바람 불고 눈보라 몰아칠 때도

일찌감치 밑가지가 빠져나가며 남겨 둔 눈은
죽어서도 그 자리 지키려는 노래로 청청하다

잊으려 잊어버리려 또 고개를 젖힌다 해도
그의 감은 눈 속 그늘을 씻기는 건
가지 끝에 걸린 두견 울음

기다림의 아침에 수염처럼 이끼 돋아나서
조각조각 기억 으스러진 가슴 덮을 때도
기적처럼 깨어나는 푸른 눈들

조향사

쉿! 경건하게 고개를 숙입시다

히아신스 미끈한 엉덩이가 시들었습니다
탐하던 남자도 따라 시들거리네요

페친들 박수받으며 포토 존에 오른 남자는
기린처럼 목을 늘입니다

여러 색 히아신스 체취를 모아
대변인에게 건네던 등등한 자비가
장마철 빨래처럼 꿉꿉하게 나풀거립니다

빈대가 주인 행세하는 가상공간에
퀴퀴하게 들끓는 댓글들

조 말론의 비방이라도 훔쳐 냈어야 했는데
아직 최상의 향을 디자인하지 못했군요

오호라, 소멸의 범주에 든 남성성이 폐부까지 침입하여
편히 숨 쉬는 것조차 민폐로구나

>

마이욜*의 지중해가 닫았던 말 쏟아 낼 듯
긴장은 풍만하게 연속되고

* 마이욜: 프랑스의 조각가.

제4부 상강을 배웅하다

트로트

울대로 뽑아 올린 소리

열세 살도 서른 살도
툇마루 오지독에
갑자는 삭혀야 한다

그 고개를 넘으려면

단숨에 뽑아 올리는 것 같아도
마중물 꿀꺽꿀꺽 들이켜고
꺾고 찌르고 구르고 넘는 고개

엄벙덤벙 홀로 가는 것 같아도
이별의 앞발에 걸려 넘어지거나
눈물의 뒷발에 걸려 넘어지거나

넘어질 듯 일어서서
슬그머니 꺾어 넘는 그 고개

까치발로 서다

창백한 달 하나 오도 가도 못하고
연못 위 살얼음에 멈춰 섰다

빠지지 않게 붙잡아 주는 버팀의 힘은
차가운 바닥 굴러 보고서야 얻은 것

호주머니 뛰쳐나온 그게, 고작 오백 원짜리 동전인 그게
사람과 사람을 건너간 무게였나

먹이도 뒤로한 채 짝이 그리운 겨울
백동 냄새 배어나는 손바닥 위에서 길게 목 늘인
두루미를 본다

발끝에 힘 모아 둥근달 향해 날개 펼친다 해도
우아하게 내려앉을 솔가지, 그대는 멀다

아랫동네 밋발할매도 거동 불편할 때까지
요령 소리 휘두르며 작두날에 오르던 것처럼
피안인 듯 구르다 멈춘 이 자리

>

얼었던 연못 침묵이 남긴 물거품에서

매화 피기를 기다리다 두루미 목은

한 뼘 더 길어진다

정구업진언

마을에 흉흉한 바람이 일 때
흩날리던 말 모두 모아 묻었다지요
유일무이한 말(言) 무덤

언짢은 말 비난하는 말
가벼운 말 무거운 말
축축한 말 버석거리는 말
뒤통수 당기는 말 화끈거리는 말
핏기 없는 말
아득한 말

죄다 편히 눕히고 나면
문풍지도 비로소 조용히 눈을 감았다지요

내가 너의 심중에 무심코 묻은 말
심장과 비장 사이 어디쯤 독으로 고여 있지 않았을까

말을 위한 고분을 찾아
오늘은 경상북도 예천에 갔어요

>

묵직한 말의 고삐는 문중 어른의 손에 들려지고
끌고 가는 찰진 꼬리는 아낙네 뒤태를 따라가네요

피식 혼자 웃는 웃음도 날개를 얻으면 뺨이 붉어질 수 있어
시끄러운 내 발바닥에도
소리 내지 않는 편자를 달아 줄까 해요

카피를 카피하다

루브르박물관의 중앙에는 미소 가둔 유리 감옥이 있답니다

다빈치가 그려서 붙잡아 둔 여인 발그림자 따라 움직이는 시선은
여기저기서 몰려 든 사람들을 눈동자 속 우물에 빠트립니다

한쪽 시야 닫고 살던 나도 미로 찾아 헤매다 면회를 갑니다

지나갈 것 지나가도록 비켜 주지 못했으니
다빈치라는 감옥에 갇혀서도
모나리자, 늘 웃을 수밖에 없지요

가지런히 맞잡은 두 손 사이로 침향처럼 퍼지는 밤안개
지루함 견디지 못한 감탄이 어느 한밤중 액자 속을 뛰쳐나올 때
기회를 엿보던 뒤샹이란 사내
그녀의 콧날 아래 슥슥 콧수염 그려 넣었답니다

앞으로 들어갔다 뒤로 돌아 나오니
달무리가 엷은 미소를 지어요

>

몇 년 전 유리 벽에 남긴 지문을

반가사유의 입김으로 지우겠다고

지구 한 바퀴 돌아온 나 오늘 루브르로 갑니다

눈길을 쓸다

늦잠 털고 일어나 머리를 빗는데
거울 속 가르마 길섶 하얗다

온 마을 지붕 위에 쌓이던 눈
꿈속에서도 목청껏 부르던 새마을운동 노래가
눈곱처럼 주르르 흘러 고드름으로 맺혔다

장죽 끝에 매달린 할아버지 성화에
타닥타닥 타들어 가는 아궁이 불은 볼멘소리
너그러운 아버지 채근이 버무려진 아랫목은
솜이불 하나로 여덟 개의 발바닥을 간지럽힌다.

선득한 새벽바람 헛기침 잦아지고
"선생님, 어서 오십시오"
아버지의 정중한 인사 연극에
후다닥 달려가 거머쥐는 싸리 빗자루
몇 번이나 격자문 들락거렸던 나의 출석부는
어렵사리 동그라미였다

반백 년 전 마당가에 우두커니 서 있던 할머니 성화

"애비가 저렇게 무르니 딸년들이 게을러 빠져서"
눈도 오지 않은 오늘 활짝 핀 개망초꽃으로
나를 꾸짖는다

할머니도 아버지도 흔들흔들 꽃가마 타고
길 밖의 길로 나설 때는 눈 쓰는 소리 후렴으로
새마을운동 노래는 부르지 않았다

숨은그림찾기

아하, 세 알의 분꽃씨가 눈을 비비자
멀찍이 물러서 보는 입술 선 위로
놀란 운무가 미끄럼을 탑니다

잡지에 화보로 박힌 그림이 심오할수록
집 나온 강아지는 힌트가 무거워
눈을 부릅뜨곤 합니다

네 다리 멀쩡한 탁자도 버려진 골목을
실밥 터진 인형이 끝까지 놓지 않겠다고
생떼 쓰며 눈 가리고 우는 아이 곁으로
부르릉 이삿짐 트럭이 달려갑니다

가슴 열고 찾아보는 복잡한 그림판에서
턱수염 제멋대로 기른 남자의 대답은
능숙한 줌인, 줌아웃의 연속 인가요

쉽게 낙담하지는 말아요
그랬어요. 한때는 나도 기계치
보고 싶은 지점에서, 보고 싶은 것만 찾았습니다

>

찾은 그림에 동그라미를 치겠다고

늘 뜨고 있는 검은 눈동자를 좀 보셔요

상강을 배웅하다

베틀 위 길어지는 밤에게 미안해요

솜이불로 덮어 둔 의문들에게 미안해요
시린 창문에 걸린 첩첩 산 능선들 미안해요
귓불 발그레한 서녘 하늘에게 미안해요
그윽한 순명, 고욤나무를 닮아서 미안해요
익지도 않은 젖가슴 단단하게 동여매서 미안해요
흔드는 꼬리가 점점 멀어지는 길에게 미안해요
꽃잎을 지운 채 오소소 떨며 섰는 구절초에게 미안해요

새 한 마리 날아들지 않는 공갈못 모퉁이 돌아
휠체어마저 외면하는 당신, 미안해서 정말 미안해요

바람 찬 하늘 귀퉁이 걸어 둔 곶감
말라 가는 침묵이
그저 안쓰러울 뿐이죠

산란

구르다 박힌 돌 틈
봄물 흐르던 날
두꺼비 등에 업힌 또 다른 두꺼비 있어
욱수골은 나른해졌다

망월지 꽃자리는
할아버지의 할아버지 때부터 꿈꾸던 자리

우툴두툴 등 소름 돋은 몸은
하산길 달빛에게도
함부로 뱃가죽 드러내지 않았다

뒷다리로 밀어낸 하루가 고단해도
기꺼이 기어오르고야 마는
두꺼비에게는 지금

뜨거운 발바닥 식힐
한 줄기 단비가 그립다

내소사 느티나무

혼자 걷고 있지만, 함께 걷고 있는
꽃살문 당신이 있어
언제나 우린 문풍지로 팔랑거린다

줄지어 종소리 빠져나간 자리를
드나들던 새들이 단순한 언어 몇 개로
들려주는 새벽 법문

당신 쪽으로 향하는 춤사위
너울거리던 두 손이 합장으로 닳는다

내려온 별빛 울퉁불퉁 이마에 박혀도
당신의 수행은
누군가를 위해 한 자리를 비워 두는 것

간수하기 쉽지 않은 게 마음인 걸 알면서
일주문 밖 할아버지 느티나무는
새빨간 거짓말을 입술로 깨문다

>

한 팔로도 기웃거리는 새들을 품어 준다

서울역, 첫눈

발자국 찍힌 에스컬레이터가
각처에서 실어 온 소문을 끌고 오른다

떠나기 위해 분주한 사람들
서서히 굳어 화석이 된 바빌론의 암호
해독하지 말걸 그랬나

천 년 뒤 우리의 화석
새롭게 출몰한 생명체가 발굴하게 된다면
이곳이, 종착과 시발의 지점임을 알게 될지도 모른다

차가운 대리석 바닥에 웅크린 나의 어깨를
뒤통수에 눈 달린 그들이
느린 기지개 꽃의 이름으로 불러 주기라도 한다면
애써 접점을 찾으려 했던 여기는 서울역

절댓값만 새겨진 너와 나는 다른 빛의 별
광활한 우주를 떠돌다 와서 도드라지는 점, 점들

너는 새벽에 서쪽에서 빛나지만

나는 저녁에 동녘을 헤맨 탓에
이제야 내가 너를 만났다 하겠지

알파요 오메가
둔중한 막차 경적이 메아리로 남으면
텅 빈 역사 밖에는
야멸차게 허리 꺾인 담배꽁초 너머
깃털 하나 눈처럼 날아오른다

길 위의 길

장마에 살점 빼앗긴 길바닥은
뼈 불쑥 드러낸 속내다

질주하던 앞차가 기우뚱, 부르르르
내 웃음이 앞차 뒤꽁무니에 닿기 전
꽉 움켜쥔 손금도 따라서 움찔했다

움푹 파인 길 앞에서
가속페달에 발 얹는 이유를 찾으려다
배기통에서 기어 나오는 연기처럼
나는 스멀거렸다

멈춤을 배우지 못한 축축한 고집이 만져졌다

훈련병 어깨를 툭툭 치듯
장마는 그렇게 지나갔지만
너와 나의 길에는 보이지 않는 생채기가 여럿

확장시킨 동공으로도
공유할 수 없는 발바닥을 가진 나는

어깨 낮추고 이제부터 속도 줄이는 법을
배워야 한다

장마의 손금 자국이 뒷바퀴를 따라온다

단추

몰랐다, 그림자도 키가 자란다는 것을

겨울바람이 집요하게 비집고 들어와도
낡은 외투 걸치면 쉽게 나서던 길

풀었다 채우면서 익힌 기다림의 순간들이
나란하다, 두꺼울수록

잡았다 놓은 손에 남은 체온이
깊다, 때늦은 추위에 떨고 있는 새벽 별은
음산한 데서 돋아난 욕망과 애착으로
들썩이는 날갯죽지 간지럽다

단단하게 여미고 있던 너를 잃어버린 후
비로소 사랑은 낡을수록 편안해진다는 걸
자신의 적은 낡은 자신이었다는 걸 알았다

한 자락 실바람이든 왕바람이든
벌어진 옷깃 속으로 파고드는 속도는
고목을 휘둥그레지게 했다

>

원점으로 돌아온 비수가 방금 도려낸 살점
휑하게 남겨진 단춧구멍에서
외로움이 사각사각 자란다

등꽃

하, 찰랑이던 머리카락
검은 베일 속에서 까르르 터지는
피멍빛 봄밤이다

스무 몇 해 전
어느 별에서 날아온 전령일까
등불로 마주서서 또 다른 나를 비추던
저 몸짓

하, 높은 수도원 담장은
얼키설키 푸르던 유선
들고양이도 낯설어 비켜 갈 때
수유기에서 점점 멀어진 여자
야윈 어깨를 갈비뼈 몇 개가 떠받친다

모두가 빛나서, 빛이 없는 봄이다

꽃잎마다 새겨진 기도문은
수없이 서성이던 회개의 무늬다

>

안을 비워두고 밖을 기웃거리는 담장
나는 허망에 닮았다 해야 하나

하, 무덕무덕 꽃은 피어서
앙상한 가지는 더 서러워라

안개도원도

산꿩의다리, 창백한 떨림 밖 해를 품은 배경의 숲에서
아득히 서러움 일어난다

내가 서 있는 이 길 어디로 통할까
막막함에 떨군 고개에 촉촉한 손길은
다가와 안 보이는 길도 알려 줄까

살던 곳 벗어나 나비가 자태를 터뜨리려
막다른 길 감지하고 걸어 둔 산중
서두른 우화의 껍질은
낯익은 세계를 벗어 버리라 한다

골짜기가 나무를 품은건지, 나무가 산을 품은건지
몸을 부풀린 티끌 한 점 물방울 속으로 뛰어든다

비로소 안겨 드는 세상은 미립자의 안개

품고 있던 욕망의 잔해들 슬그머니 내려놓으니
숲의 옷섶은 천천히 젖는다

>

마른바람 불기 전까지
태연한 얼굴로 돌아오리라고 떠나 보낸
마지막 서 있던 그 자리의 나비

상엿소리 없는 만장의 뒤를 어정어정 따른다

화두

구부러진 마음이 전나무 숲길에 들었는가
흘러온 숲길이 마음을 구부렸는가

은밀한 속삭임으로 접어 둔 여긴
안쓰러움도 미소가 되는 월정사 산길
긴 머리 흩날리며 걷다가 서다가
눈 감은 삭발탑 고요한 그늘
휘휘 고개 돌려 살핀다

간절함이 이끼꽃으로 앉았다

도처의 사연들 잘라 모아 쌓아 올렸다는 탑
삿된 마음 무성하던 자리에 똑똑 떨어지는
한 방울 눈물이 보였다

푸석한 밤송이가 발끝 간질이는 숲길
오후의 적막에 또 누가 드시나
검퍼런 정강이로 모여든 사람들에게
석조보살좌상은 무릎 꿇은 설법이다

>

전나무 숲을 깨금발로 건너온 그믐달이

상념 섞인 풍경 소리로

울컥울컥 탑의 기단을 흔든다

해 설

구상과 추상, 혹은 주름과 무늬의 아름다움

황치복(문학평론가)

1. 구상과 추상, 혹은 의식과 무의식

임서윤 시인은 첫 시집으로 『사과의 온도』(시학, 2020)를 펴낸 바 있다. 첫 시집에서 시인은 존재의 완성을 향한 구도의 길을 추구하면서, 순탄하지 않은 그 길의 도정에서 자아의 갈등과 구도의 열정을 통해서 서정의 밀도를 농밀하게 표출한 바 있다. 영원성에 도달하고자 하는 불가능한 꿈의 좌절, 그리고 자신의 정서적 동일성을 훼손하는 것들에 대한 치열한 모색을 통해서 존재의 결핍을 메우기 위한 인식과 고투의 서정적 열정을 보여 준 것이 첫 시집의 시 세계라고 할 수 있다(송기한). 그러니까 시인은 잃어버린 영원성과 동일성을 회복하기 위한 동경을 간직한 채 낭만적인 서정의 세계를 거닐고 있었던 셈이다.

이번에 펴내게 된 두 번째 시집은 삶과 세계를 향한 안정된 시선과 시적 보법이 인상적인데, 삶과 세계에 대해서 어느 정도 거리를 확보한 상태에서 그것들을 관조하고 음미하면서 이면에 작동하고 있는 이법이라든가 섭리 등을 천착하고자 하는 태도가 두드러진다. 시간이 흘러간다는 것, 그리고 늙어 간다는 것의 의미라든가, 돌이켜 본 인간관계의 어려움, 그리고 명증하게 정리되지 않는 삶의 불가사의한 국면들에 대한 시적 사유가 빛을 발하고 있다.

시인은 이러한 시적 주제에 대해서 구상과 추상의 다양한 방법을 활용하여 접근하는데, 이러한 작시법의 특징으로 인해서 시인의 시편들은 전위시적인 성격을 지니게 된다. 그러니까 시인의 시편들은 구상과 추상을 넘나들면서 이질적인 성격의 시적 전략이 서로 혼종하기도 하고, 분리되기도 하면서 시적 다양성과 역동성을 지니게 되는 것이다. 이를테면 의식과 무의식, 인위와 자연, 형상과 해체의 경계를 넘나들면서 그것들이 날카롭게 충돌하거나 결합하여 새로운 시적 효과를 창출하기를 기대하는 것으로 보인다. 문학, 혹은 예술에 대한 시인의 시 의식을 선명히 보여 주는 작품으로는 「먼지의 악보」를 들 수 있을 것이다.

그날 저녁, 이렇게 된 것입니다

연미복을 입고 무대에 오른 남자는

숙였던 고개를 정중하게 들어
뚜껑 열린 건반을 바라봅니다

…(중략)…

4분 33초를 견디고 닫히는 동공
들숨은 깊게 날숨은 짧게, 침묵을 연주하는 거였군요

소리를 추모하는 방법 중 하나는
소리를 내지 않는 것이었네요

그러니까, 알았어야 했습니다
스포트라이트를 벗어나기 전에 우린 모두
기립 박수를 준비해야겠습니다

—「먼지의 악보」 부분

이 시는 음악에 대한 기존의 통념을 깨부순 미국의 아방가르드 작곡가 존 케이지의 〈4분 33초〉라는 피아노곡의 연주를 패러디하고 있는 작품이다. 이 곡의 초연에서 연주자는 피아노 앞에 앉아 연주는 하지 않고, 악장이 바뀔 때마다 피아노 뚜껑을 여닫기만 하다가 인사를 하고 무대 뒤로 사라졌다고 한다. 그 후 많은 논쟁이 일어나자, 존 케이지는 "주변에 있는 소리가 연주회장에서 듣는 음악보다 더 흥미로운 음악을 만들어 낸다고 느끼며 다른 사람들도 그것을 느끼도록 이끌어 주고 싶다. 그들은 요점을 놓쳤다. 침묵이란 없다. 내 작품에는 우발적인 소리들로 꽉 차 있다"라고 말했다고 한다.

존 케이지가 시도한 이러한 전위적인 작업은 악곡이란 자연에서 발생하는 소리의 조합과 결합에 의해서도 생성되는 것이며, 그러한 소리야말로 진정한 음악일 수 있음을 역설한 것이다. 시인이 주목하고 있는 것이 바로 이러한 대목인데, "침묵을 연주하는 거였군요"라든가 "소리를 추모하는 방법 중 하나는/ 소리를 내지 않는 것이었네요"라는 표현에 응축되어 있다. 그러니까 예술이란 굳이 인위적인 조작과 편집에 의해서 어떤 질서와 형상을 부여할 필요 없이 있는 그대로의 자연을 하나의 텍스트로 설정해서 한계를 부여하면 그것이 저절로 예술적 효과를 발휘할 수 있다는 것을 강조하고 있는 것이다. 이번 시집에서 시인의 시편들이 애써 완결성을 추구하지 않고 열린 상황으로 종결되는 경향은 바로 이러한 예술적 관점이 투영된 현상일 것이다. 이러한 현상은 우리가 코스모스cosmos라고 하는 인위적 질서를 만드는 대신에 카오스chaos 그 자체에 내재해 있는 코스모스를 발견하려고 하는 시도라고 할 수 있다. 다음 작품도 시인의 예술관을 살펴볼 수 있는 관점을 제공한다.

> 가위눌림에서 깨어나 물병을 더듬던
>
> 파란 손이, 튜브 속 물감을 짜고 있다

짝이 맞지 않는 구두를 신고
비틀비틀 뒷걸음질 치는 남자는
맹인의 식사를 마친다

극이 맞지 않는 두 발
차가운 거리를 휘돌아 와서야
바람이 빠져나간 이마는 뜨겁다

당기면 밀려나고 밀면 다가가는 행운에
제대로 설레 본 적 언제였는지
그 남자는 온몸이 뜨거워졌다

말발굽처럼 걷고 있는 길 위엔
수북이 쌓이고 있는 청색 꽃잎들

—「피카소의 노트」 전문

이 시는 피카소의 화풍이 추상화되는 단계에 해당되는 청색 시대(biue period, 1901~1904)의 대표작인 〈맹인의 식사〉를 대상으로 하여 피카소의 예술 세계를 조망하고 있는 작품이다. 잘 알려져 있듯이 피카소는 이 시기 가장 친한 친구의 자살을 겪고 극도의 우울감에 빠져 있었는데, 이러한 사건들의 영향으로 검푸른 색이나 짙은 청록색을 통해서 어두운 감정을 표현했으며, 서서히 추상화의 단계로 접어들게 된다. 〈맹인의 식사〉는 어딘지 불편해 보이는 맹인의 식사 장면을 푸른색의 색채를 통해서 묘사하고 있다. 눈을 감은 채 한 손으로 빵을 들고 다른 손으로는 와인병에 손을 올리고 있는 주인공의 축 처진 어깨가 삶의 무게에 짓눌린 듯한 중압감과 고독감을 느끼게 한다.

시인은 피카소의 이러한 작품 경향을 의식하면서 그의 예술관을 시적 상징을 통해서 다시 재현하고 있는데 무엇보다 주목되는 점은 푸른색의 색채적 상징을 통한 표현이다. "파란 손"이라든가 "수북이 쌓이고 있는 청색 꽃잎들"이라는 표현에 담겨 있는 푸른색의 색채가 삶의 곤경과 고독이라는 어떤 국면을 함축적으로 응축하고 있는 것이다. 또한 "짝이 맞지 않는 구두"라든가 "극이 맞지 않는 두 발", 그리고 "당기면 밀려나고 밀면 다가가는 행운" 등의 표현에 담겨 있는 질곡과 모순의 이미지들이 녹록지 않는 삶의 행로에 대한 암시와 분위기를 조성해 준다.

물론 이러한 표현들은 신산했던 젊은 시절 피카소의 생애에 내재된 비극과 암울한 전망 등을 강조하기 위한 것이 목적이지만, 그것을 표현하는 방법과 전략이 매우 추상적이고 상징적이다. 색채의 상징적 이미지라든가 모순과 딜레마로 점철된 이미지들도 그렇지만 이 시의 가장 선명한 대립적 이미지는 차가움과 뜨거움의 온도에서도 온다. "차가운 거리를 휘돌아 와서야/ 바람이 빠져나간 이마는 뜨겁다"라는 구문에서 파생되는 모순과 역설의 이미지들이 삶의 어떤 비밀스러운 국면을 상징적으로 암시한다. 이러한 표현은 "당기면 밀려나고 밀면 다가가는 행운에/ 제대로 설레 본 적 언제였는지/ 그 남자는 온몸이 뜨거워졌다"라는 대목에서도 반복되는데, 이러한 역설과 아이러니는 어쩌면 삶이 지닌 신비, 혹은 삶과 예술의 길항적 위상에 대한 추상적 표현인지도 모른다. 시인의 예술관을 보여 주는 한 편을 더 읽어 보자.

봄볕 대열에 예고 없이 끼어든
버들가지로 더 정체되는 강변대로
김홍도 서화 한 폭 따라 그린다

고삐 잡은 마동이 끌어당긴 풍경은 나붓나붓
내려앉는 청아한 연두가
소음에 막힌 나비의 귀를 간질인다

…(중략)…

순한 귀 열고 라디오 볼륨 높인 나는
늙은 말의 이정표가 되는 길 위에서
가속과 멈춤 페달을 번갈아 밟는다

꾀꼬리 소리 앞뒤로 꽉 막힌 도시를
닳은 말발굽이 가로지른다

—「마상청앵馬上聽鶯」 부분

이 작품은 〈마상청앵馬上聽鶯〉이라는 조선의 풍속화가 김홍도가 그린 산수인물화를 대상으로 한 작품이다. '마상청앵'은 말 위에서 꾀꼬리 소리를 듣는다는 뜻으로 이 그림은 화창한 봄날 젊은 선비가 말에 올라 봄의 정취를 찾아 나섰다가 길가 버드나무 위에서 서로 화답하며 노니는 꾀꼬리 한 쌍에 넋을 빼앗긴 채 서서 바라보는 장면을 사생해 낸 작품이다. 시적 구도를 보면 시적 화자는 어느 봄날에 차를 운전하면서 정체되고 있는 강변대로를 달리다가 김홍도의 〈마상청앵〉을 떠올리게 되면서 마치 작품과 현실, 혹은 꿈과 현실을 넘나드는 것 같은 환각을 경험하게 된다.

시적 화자는 현실의 강변대로를 달리고 있지만, 젊은 선비가 되어 마상에서 봄의 풍경을 감상하는 듯한 환각에 빠지고 있는데, "고삐 잡은 마동이 끌어당긴 풍경은 나붓나붓/ 내려앉는 청아한 연두가/ 소음에 막힌 나비의 귀를 간질인다"는 표현에서 이를 확인할 수 있다. 하지만 시적 화자는 김홍도가 본 풍경 속으로 빨려 들어가는 것만은 아니며, 그것을 지금-여기의 현실로 불러오기도 한다. "순한 귀 열고 라디오 볼륨 높인 나는/ 늙은 말의 이정표가 되는 길 위에서/ 가속과 멈춤 페달을 번갈아 밟는다"는 표현이 이를 대변해 준다.

그러니까 시인은 작품과 현실, 혹은 꿈과 현실의 경계를 넘나들면서 자유로운 환상의 세계를 거닐고 있는 셈인데, 이러한 교차와 넘나듦으로 인해서 작품과 현실, 혹은 꿈과 세계는 그 경계가 무화되어 하나로 섞이는 정경를 보여 주게 된다. "꾀꼬리 소리 앞뒤로 꽉 막힌 도시를/ 닳은 말발굽이 가로지른다"는 표현이 이를 요약해서 보여 주고 있는데, 이러한 묘사에는 도시라는 현실과 작품 속의 꾀꼬리 소리, 그리고 말발굽이 등장하고 있기 때문이다. 결국 시인은 구상과 추상, 의식과 무의식, 꿈과 현실, 인위와 자연 등의 다양한 대립적인 자질들을 활용하면서 그 경계를 흐릿하게 하여 서로 접목시킴으로써 새로운 시적 현실을 창출하고 있는 셈이다.

2. 주름의 무늬, 혹은 시간의 예술

시인이 구상과 추상, 인위와 자연, 꿈과 현실 등의 이질적인 요소에 주목하고 그것의 경계를 해체하여 새로운 현실을 창출하고자 하는 것은 삶의 이면을 들여다보고, 거기에 있는 흐릿하고 모호한 국면들의 신비를 포착하기 위한 목적 때문이다. 시인은 이번 시집에서 특히 노년의 인생이 지닌 다양한 모습, 혹은 나이듦의 모습과 그것의 의미를 궁구하고 있는데, 이러한 국면은 바로 시간의 예술에 대한 관심이라고 할 만하다. 그 양상들을 살펴보자.

미소로 들어 올린
저 이마의 주름들

새벽을 털고 달려오는 아침 해가 그랬고
비 그치자 피어오른 물안개가 그랬고
붉은 사과를 주렁주렁 매단 늙은 사과나무가 그랬고

산 너머 산이 그랬고
마음속 마음이 그랬고
나를 사랑한다고 말하던 먼 그대가 그랬고

주름이 진다는 것은
꽃 같은 미소가 지나갔다는 것

—「부석사에서」 전문

"이마의 주름들"은 세월이 새겨 놓은 무늬이다. 그러니까 시간이 만들어 놓은 예술품인 셈이다. 세월이 새겨 놓은 주름은 하나의 무늬이며, 예술품이라는 점에서 심미적 가치를 가지고 있는데 시인은 주름을 "미소"와 결부시킴으로써 부각한다. "미소로 들어 올린/ 저 이마의 주름들"이라든가 "주름이 진다는 것은/ 꽃 같은 미소가 지나갔다는 것"이라는 표현이 저간의 사정을 응축하고 있다. 특히 "꽃 같은 미소"라는 표현에 주목해 보면 인생에 대한 깨달음과 달관의 인식적 의미까지 함축하고 있음을 읽어 낼 수 있는데, 그러한 표현에서 염화미소拈花微笑와 같은 의미를 추론할 수 있기 때문이다.

주름이란 중첩되고 축적되며 연속된 무늬이다. 그것은

시간의 누적과 연속이라는 추상의 구상적 표현이기도 하다. 그러나 시적 공간을 유심히 보면 시간만 축적되어 있는 것은 아니다. 새벽을 털고 달려오는 아침 해는 수많은 여명의 반복을 함축하고 있고, 비 그치고 피어오른 물안개 또한 물의 순환과 반복이라는 다층적인 형상을 암시하고 있으며, 늙은 사과나무의 붉은 사과 또한 수많은 개화와 과실의 반복과 누적을 내포하고 있다. "산 너머 산"의 형상은 먼 거리의 누적을, 그리고 "마음속 마음"은 수많은 체험과 삭힘의 반복을 암시하고 있으며, "나를 사랑한다고 말하던 먼 그대"는 나를 향한 사랑의 감정 분출과 누적, 그리고 그러한 그대를 향한 나의 마음의 반복되는 감사와 회고의 누적을 함축한다. 이러한 모든 것들은 물론 시간의 흐름과 반복이 있었기에 가능해진 것일 터인데, 그러한 반복은 모두 미소를 자아내고 미소들이 모여서 주름을 형성하게 되는 것이다. 그러니까 주름은 추한 것이 아니라 아름다운 것으로, 그것이 아름다울 수 있는 것은 수많은 시간의 축적이 인생에 대해서 가치와 의미를 창출하기 때문이다. 주름의 가치와 의미는 '미소'라는 어휘가 어느 정도 암시하고 있지만, 다음 시를 보면 더욱 그 의미가 선명해진다.

> 오후가 참 퍽퍽합니다
> 웃을 수도 울 수도 없어서 그렇습니다
>
> 모난 가슴 풀어헤친 편백나무

툭툭 건드려 보는 발끝에서
초록 별의 얼굴이 방긋거립니다

한때는 수백 번이었을 맹세가
불현듯 가벼워질 때가 된 것일까요?
담백한 그대가 그립기 시작합니다

지나간 길 하늘 활짝 열어젖히려고
마디 선명한 잔가지를 두드려 주는
바람의 순한 연주를 듣습니다

얻은 게 많아서 버릴 것 또한 많은
이순, 이순,
내가 나를 부르다가
덩달아 목젖까지 순해지고 나서야
침엽임을 들켜 버렸습니다

긴 밤을 견딘 이슬의 언 손도
이젠 맞잡아 주겠습니다

—「이순의 숲」 전문

이 시의 시적 공간에는 온통 유순함의 이미지가 넘쳐나고 있다. "가벼워질 때", "담백한 그대", "바람의 순한 연주", "덩달아 목젖까지 순해지고" 등의 표현과 이미지들이 모두 유순함의 의미와 맞닿아 있다. "이순耳順"이라는 제목 자체가 부드러움과 순한 이미지를 함축하고 있다. 이러한 유순함의 이미지는 강팍하고 날카로운 이미지를 감싸서 순화하게 되는데, "가벼워질 때"는 "맹세"를 순화하고, "바람의 순한 연주"는 날카롭고 둔탁한 나뭇가지를, 순한 목젖은 나에 대한 열망을 순화한다. 종합적으로 이러한 순한 이미지들은 "모난 가슴 풀어헤친 편백나무"라든가 "침엽"수의 날카로운 잎들을 감싸 안아 부드럽게 하는데, 이러한 유순함의 이미지들이 중첩되어 결론적으로 '이순'에 도달하게 된다.

"이순"이란 무엇인가? 이른바 공자가 『논어論語』에서 나이 60을 비유적으로 말한 것으로 귀가 순해진다는 뜻이다. 귀가 순해진다는 것은 마음이 유순해져서 다른 사람들의 어떤 말이든 곱게 받아들일 수 있게 된 것인데, "얻은 게 많아서 버릴 것 또한 많은"이라는 표현에서 알 수 있듯이 내면의 충일감으로 인해서 헛된 욕심과 야망, 그리고 집착과 아집에서 벗어나게 되어 그러한 상태에 도달한 것이다. 그러니까 이순은 주름처럼 수많은 시간이 축적되어 앙금이 가라앉아 맑은 물이 되듯이 삶의 과정에서 수시로 분출하는 정념의 응어리와 찌꺼기가 모두 정리되어 맑은 심성을 지니게 된 것이고, 그렇기 때문에 더욱 가벼워지고 유순해져서 "담백한 그대"를 그리워하게 된 것이다. 시인이 시간의 예술에 주목하는 이유가 여기에 있는데, 맑고 깨끗한 심정의 본질은 다음 시에서 보여 주는 것처럼 순응順應이라고 할 수 있다.

켜켜이 밀려간 반세기가 찔끔찔끔 눈물로 돌아와서일까

양파를 벗긴다는 게
표정 없던 엄마를 벗기고 말았다

걸어 잠그고, 또 잠그다가 안으로 알싸해진 저 알몸
얇은 갈색 커튼 하나로 지열 같은 부아를 견디었으니

누구를 당기고, 누구를 밀친들
한 방울 눈물은 침묵이다

손금 하나 박차고 나가고 싶어
말 다 할 수 없어 움켜쥔 칼끝이
끄덕끄덕 미로인 부엌문 밖으로 내던져지고

잠금장치 없는 삶이었다 해도
점잖은 순응에 내일은 닿고 말 걸 알아
내 고갯짓도 덩달아 둥그스름해진다

—「끄덕끄덕」 전문

어머니의 반세기 생애가 겹겹이 층이 진 양파의 형상에 비유되고 있다. 시인의 해석에 의하면 양파의 하나하나의 켜들은 "걸어 잠그고, 또 잠그다가 안으로 알싸해진 저 알몸"인데, 그것은 "얇은 갈색 커튼 하나로 지열 같은 부아를 견디"면서 형성된 층이기도 하다. 그러니까 어머니의 생애도 양파처럼 인고와 내성의 축적으로서, 자신을 걸어 잠그고 안으로 그 고통과 '부아'를 응축한 것이기도 하다는 의미이다. 그것은 눈물의 응축이기도 하기에 양파를 까는 시적 화자가 눈물을 흘리듯이 어머니의 생애를 파고 들어가 보면 눈물이 나오지 않을 수 없다.

엄마의 인생은 "끄덕끄덕"이라는 제목이라든가 "점잖은 순응"이라는 표현이 함축하고 있는 거대한 포용의 논리로 변화한다. 이러한 변화의 기제나 메커니즘이 시적 공간에서 정치하여 마련되어 있는 것은 아니지만, 지금까지 분석해 온 임서윤 시인의 작품이 형성한 맥락에 의하면 주름과 같은 시간의 중첩 때문이라고 추론할 수 있다. 그러니까 양파의 껍질이 안으로 안으로 중첩되어 주름과 같은 무늬를 이루듯이 시간이 켜켜이 쌓인 어머니의 인생은 어떤 무늬를 형성하면서 하나의 소우주로서 코스모스cosmos를 형성하게 된 것이며, 그 너머에서 소우주를 감싸고 있는 대우주의 섭리를 닮아 가게 된 것이다. 이러한 어머니의 순응의 인생관은 "내 고갯짓도 덩달아 둥그스름해진다"는 시의 마지막 구절처럼 어머니의 자식으로 설정되어 있는 시적 화자의 순응과 공감을 이끌어 내기도 한다. 시간의 예술을 다룬 작품을 한 편만 더 보자.

요양원 문패가 풍경처럼 우우 노래를 불렀다
함석지붕은 순한 달빛처럼 사방은 초록이라고 중얼거린다

낮은 처마 아래 오종종 나와 앉은
채송화 같은 할머니들
…(중략)…
풀꽃이 지르는 비명을 산들바람이 실어 와도
스스로 육신을 벗어날 수 없는 영혼들은
순응의 수레바퀴 틈에서 레테의 강을 본다
야무지게 박혀 있던 어금니가
스르르 이지러지는 데는 오랜 시간이 걸리지 않았다
뽀얀 박꽃이 녹슨 지붕을 덮던 날
샛길 따라 집으로 가는 길이 지워진다 해도
아무도 두려워하지 않았다
저벅거리는 가을 발자국 소리에 노인을 품은 집은
오래된 하품을 무서리로 쏟아 낸다

—「초록요양원」 부분

요양원이라는 것이 죽음을 기다리는 인생의 마지막 정거장이라는 사실을 상기해 보면, "초록요양원"이라는 제목은 매우 역설적이다. 생명의 역동성을 상징하는 색채 이미지인 초록과 생명이 시들어 가는 이미지를 간직한 요양원이 나란히 묶여 있기 때문이다. 아마도 이러한 명칭은 삶과 죽음이라는 것이 그처럼 확연히 구별되는 것은 아니라는 것, 곧 삶과 죽음의 경계라는 것이 흐릿해진 어떤 경지를 암시하기 위한 장치일 것이다. 이러한 경지를 대변하는 표현은 "샛길 따라 집으로 가는 길이 지워진다 해도/ 아무도 두려워하지 않았다"라는 구절, 그리고 "저벅거리는 가을 발자국 소리에 노인을 품은 집은/ 오래된 하품을 무서리로 쏟아 낸다"는 대목일 것이다. 다가오는 겨울을 예감하게 하는 무서리를 보면서도 그것을 무료한 오래된 하품으로 받아들일 수 있는 경지란 곧 삶과 죽음의 경계가 흐릿해진 것을 암시하기 때문이다.

물론 이러한 경지에 이르게 된 것은 할머니들이 지니게 된 '순응'의 인생관 때문이다. 할머니들은 "풀꽃이 지르는 비명을 산들바람이 실어 와도" "순응의 수레바퀴 틈에서 레테의 강을 본다". 삶과 죽음은 수시로 교차한다는 것, 그리고 삶은 필연적으로 죽음으로 이어진다는 것을 시간을 통해 터득하고 있었던 것이다. 그리고 할머니들은 삶에 대한 집착과 애착을 떨쳐 버리기 위해 그동안 축적된 인생 역정에 대한 기억을 망각의 강으로 씻어 낸다. 할머니들이 "샛길 따라 집으로 가는 길이 지워진다 해도/ 아무도 두려워하지 않"는 것 또한 삶의 거처에 대한 욕망에서 자유로워진 것인데, 이러한 인식은 결국 거처라는 것이 찰나에 속한다는 것을 받아들였기 때문일 것이다. 그녀들의 육신에 "야무지게 박혀 있던 어금니"도 "오랜 시간이 걸리지 않"아 스르르 이지러지는데, 이러한 현상 또한 식욕과 삶의 의지를 시간의 무화하는 힘에 맡긴 것이다. 결국 초록요양원의 할머니들은 시간의 이법에 순응하여 삶과 죽음의 현상을 받아들이고 초연해진 셈이다. 물론 이러한 인생에 대한 달관과 초월은 시간의 예술품일 것이다.

3. 타자와의 관계, 혹은 삶이라는 화두

시간의 예술이라고 할 수 있는 늙음, 혹은 주름의 형성이 지닌 의미에 천착하는 시인의 주된 관심사에 대해서 알아보았다. 섭리와 이법, 혹은 순응과 달관, 의미와 가치들이 주름과 무늬에 달라붙어 있는 아름다운 장면들을 확인할 수 있었다. 그러나 시인에게 삶은 여전히 불가사의하고 신비로운 것으로 다가온다. 특히 남자와 여자의 관계, 음양의 관계라든가 인간관계의 어긋남과 만남 등의 서사는 시인이 항상 그 앞에서 서성이는 주제이기도 하다. 그것은 때로는 운명의 가혹함으로 혹은 어떤 끌림의 조화로 교차하기도 하는데, 햇살이 지나면서 그려 내는 그늘과 밝음처럼 아름다운 무늬를 형성하기도 한다.

길이 좁아지는 지점에 이르면
바람의 속도는 빨라진다

우리의 엇갈림은 어긋난 시간 여행의 끝이 아니라
흥얼거리는 호모사피엔스의 기다림이다

둑길에서 짓밟힌 클로버에 무릎이 스쳐
굳은살 박인 골목을 흘러 흘러
바람은 강으로 간다고 했다

유리조각 헛디딘 발가락 사이에서
고통보다 더 지독하던 무심함이
바람의 출처였던 것

가까움과 멀어짐의 반복으로
겹겹 물결 위에는 얼마나 많은 꽃잎이 흩날렸던가

언제나 방향은 같아도
엇갈림을 견디며 걸어가는 우리
말없이 스친 맨살은 꼬리 긴 봄 길로 이어진다

—「왼발 오른발」 전문

'왼발과 오른발'은 한 몸에 붙어서 그 몸이 온전히 중심을 잡도록 하고 그것의 교차로 이동할 수 있도록 한다. 왼발과 오른발은 서로 협력하여 시간의 예술인 인생을 지탱해 가는 근거로 작동한다. 그러니까 왼발과 오른발은 운명 공동체이기는 하지만, 서로 마주 보면서 조화로운 관계를 형성할 수는 없는 엇갈린 관계를 상징하고 있는 것이다. 이러한 점에서 왼발과 오른발은 서로에게 축복이기도 하지만, 어떤 면에서는 재앙이기도 한 성격을 함축한다.

이 시는 왼발과 오른발의 이러한 특성을 활용하여 인간관계의 신비를 형상화하고 있다. "우리의 엇갈림은 어긋난 시간 여행의 끝이 아니라/ 흥얼거리는 호모사피엔스의 기다림이다"라는 구절이 많은 의미를 함축하고 있는데, 그것은 엇갈림이야말로 인간관계의 본질적인 국면에 해당한다는 것, 하지만 그것은 궁극적인 결별이나 분리가 아니라 어떤 기대와 소망의 원천이 된다는 것을 암시하고 있다. 특히 "가까움과 멀어짐의 반복으로/ 겹겹 물결 위에는 얼마나 많은 꽃잎이 흩날렸던가"라는 대목을 보면 앞서 '주름'의 이미지에서 알 수 있었던 어떤 질서와 무늬가 형성되고 있음을 알 수 있다. 그것이 오른발과 왼발의 엇갈림에 의해서 조성되고 있다는 것을 생각해 보면, 인간관계의 오묘함을 짐작할 수 있다. "엇갈림을 견디며 걸어가는 우리"라는 표현은 좀 더 분명하게 인간관계의 운명적인 면을 암시하고 있는데, "말없이 스친 맨살은 꼬리 긴 봄 길로 이어진다"는 대목은 그러한 운명이 인생의 아름다운 여운으로 이어질 수 있음을 시사한다. 타자와 맺는 인간관계가 인생에서 얼마나 중요한 것인지, 그리고 얼마나 무한한 의미의 창출을 가능케 하는 기제인지를 함축하고 있는 작품이라 할 수 있다. 한 편을 더 읽어 본다.

외투 벗는 창가에서 따라온 안개를 생각한다

백합 속 청나비와 해바라기 위 잠자리, 개망초 흔드는 벌
몇 번의 밀월, 몇 방울의 눈물이 지나갔는지

마침내 너의 날개는 능청맞고 나의 향기는 앙칼지다

분노마저 내성에 시들거리고
포옹하던 뜨거운 꽃잎은
입김이 간지러워 남은 잔뼈 툭 뱉어 낸다

옷을 걸친 어른들은 일터로 가고 아이들은 학교로 갔다

주말 드라마에서 알몸으로 뛰쳐나온 사람들은
DNA 사슬처럼 일정한 방향으로 돌아간다

여자는 오른쪽으로 남자는 왼쪽으로 뒤틀린다

더러 예측된 결말이 뒤통수를 치기도 해서
개망초 속 잠자리와 백합 위의 벌, 해바라기 흔드는 청나비
모두 다 안개 옷 걸친 채 돌고 돌아간다

돌아온 너는 누구인지 떠나는 나는 누구인지

—「우리는 누구인가」 전문

이 시에서는 무수한 인연과 결합, 그리고 관계의 그물망이 펼쳐지고 있는데, 그것이 고정불변하지 않고 언제나 움직이며 변화하고 있다는 점이 주목된다. 즉 외투와 안개가 결합하고 있으며, 백합과 청나비, 그리고 해바라기와 잠자리, 개망초와 벌 등이 서로를 끌어당겨 하나의 관계를 형성한다. 이러한 관계망을 종합하는 이미지로 "DNA 사슬"이

제시되고 있는데, 그것은 두 가닥의 사슬로 된 이중나선 구조를 취하고 있기 때문이다. "일정한 방향으로 돌아간다"는 구절에서 알 수 있듯이, 어느 일정한 패턴과 방향성을 지니고 있으면서 무한한 반복과 변화를 야기하는 DNA 사슬은 관계의 망을 형성하면서 운행되는 우리의 삶과 자연의 어떤 이치를 암시하고 있다.

그러니까 이 시의 논리를 깊이 들여다보면, 우리의 존재라는 것은 DNA 사슬처럼 이중 구조, 즉 어떤 쌍이라는 관계의 구조로 되어 있으며, 무수한 타자와의 관계를 통해서 인생의 과정을 겪어 나간다. 그 과정을 특징짓는 것은 '만남과 이별'이라는 형식인데, "몇 번의 밀월, 몇 방울의 눈물"이라는 표현이 그것을 응축하고 있다. 이 과정에서 "분노"라든가 "내성"이 생기고, "여자는 오른쪽으로 남자는 왼쪽으로 뒤틀"리기도 한다. 이러한 어긋남과 뒤틀림의 과정은 곧 변화와 생성의 기제이기도 하다. 앞서 관계망을 형성하던 백합과 청나비, 해바라기와 잠자리, 그리고 개망초와 벌은 이제 개망초와 잠자리, 백합과 벌, 그리고 해바라기와 청나비의 쌍으로 변화되고 있는데, 이러한 쌍의 변화가 변화무쌍한 관계망의 성격을 보여 준다.

이러한 변화는 다양한 정동과 정념을 형성하기 마련이다. 이 시에 등장하는 '밀월'과 '눈물', 그리고 '분노'와 '내성' 등의 어휘가 자아와 타자의 결합과 별리라는 이합집산의 결과로서 산출되는 정서적 격동을 암시하고 있다. 아마도 시인은 앞으로 이러한 주제를 깊이 있게 탐구하려는 것 같다.

시집의 마지막 작품으로 제시된 「화두」라는 시가 그러한 사실을 암시하고 있기 때문이다.

> 구부러진 마음이 전나무 숲길에 들었는가
> 흘러온 숲길이 마음을 구부렸는가
>
> 은밀한 속삭임으로 접어 둔 여긴
> 안쓰러움도 미소가 되는 월정사 산길
> 긴 머리 흩날리며 걷다가 서다가
> 눈 감은 삭발탑 고요한 그늘
> 휘휘 고개 돌려 살핀다
>
> 간절함이 이끼꽃으로 앉았다
>
> 도처의 사연들 잘라 모아 쌓아 올렸다는 탑
> 삿된 마음 무성하던 자리에 똑똑 떨어지는
> 한 방울 눈물이 보였다
>
> 푸석한 밤송이가 발끝 간질이는 숲길
> 오후의 적막에 또 누가 드시나
> 검퍼런 정강이로 모여든 사람들에게
> 석조보살좌상은 무릎 꿇은 설법이다
>
> 전나무 숲을 깨금발로 건너온 그믐달이

상념 섞인 풍경 소리로

울컥울컥 탑의 기단을 흔든다

—「화두」 전문

이 시의 한 가운데에는 "월정사 산길"의 "삭발탑"이 우뚝 솟아있다. 삭발탑이란 물론 머리카락의 일부를 잘라 묻어서 탑이 된 것인데, 삭발이라는 의식이 세속의 번뇌를 끊기 위한 염원을 간직하고 있다는 것을 생각해 보면, 그것은 세상의 온갖 번뇌와 함께 해방의 열망이 들끓고 있는 탑이라고 할 수 있다. 시적 화자 또한 어떤 번민과 잡념으로 들끓고 있는 "구부러진 마음"을 지닌 채 월정사의 산길에 들어 그 삭발탑에 이른다. 거기에서 "도처의 사연들"을 상상하기도 하고, "삿된 마음 무성하던 자리에 똑똑 떨어지는/ 한 방울 눈물"을 읽어 내기도 한다.

깨달음을 얻고자 월정사의 "석조보살좌상"에 무릎 꿇고 의탁하기도 하는데, 화자가 추구하는 깨달음이란 물론 삶과 죽음, 혹은 지금까지 살펴본 맥락에서 볼 때 시간과 관계의 본래면목이라든가 거기에서 파생되는 번뇌로부터 벗어나는 방법이 될 것이다. 이러한 염원을 잘 보여 주는 대목이 시의 마지막 부분에 제시된 구절, 즉 "전나무 숲을 깨금발로 건너온 그믐달이/ 상념 섞인 풍경 소리로/ 울컥울컥 탑의 기단을 흔든다"는 표현일 것이다. 그것은 이른바 불교에서 말하는 무명無明, 즉 잘못된 의견이나 집착 때문에 진리를 깨닫지 못하는 마음의 상태로서, 모든 번뇌의 근원이 된다는 무명에서 벗어나 진정한 해탈에 이르고자 하는 열망을 함축하고 있는 표현이기 때문이다.

지금까지 임서윤 시인의 두 번째 시집의 작시술의 특징과 시적 의식의 흐름 등을 살펴보았다. 시인의 작시술은 구상과 추상의 결합으로 의식과 무의식, 환상과 현실, 인위와 자연 등을 결합하려는 시도를 하고 있었는데, 그러한 시도가 적절히 결합하여 시적 새로움과 의미의 풍요로움을 산출하고 있었다. 몇몇의 작품들은 시적 추상에 기울어지는 경향이 있었는데, 그것은 카오스에서 코스모스를 발견하려는 노력이라기보다 카오스 상태로 견디려는 모습이라고 본다. 그러한 작풍이 어떻게 시인의 시적 경향을 갱신할 수 있으며, 풍요로운 시적 의미를 창출할 수 있을지 앞으로 시인의 더욱 깊고 그윽한 사유를 기대해 본다.